U0064758

之
佐羅力
遊樂園」的恐怖遊樂園，
大家看了都很訝異，
我的腦筋怎麼這麼好呀！
而且讀了這個故事，很多
孩子都不敢去遊樂園了。
怪傑佐羅力之
拯救小恐龍
•我們去抓大恐龍，
想讓大恐龍
大鬧城市。
很多粉絲讀了
這個故事，
晚上都睡不著喔。
怪傑佐羅力之
媽媽我愛你
•即使像佐羅力這麼
冷酷無情的男人，
也有需要媽媽
溫柔呵護的時候。
這是一部充滿
感動、讓你熱淚
盈眶的故事。
讓大家期待已久、值得紀念的第十本書，終於要呈現在各位面前了。來，把書翻開吧。

怪傑佐羅力之大怪獸入侵

文·圖 **原裕** 譯 周姚萍

注意

佐羅力手上的彩券，就是《怪傑佐羅力之媽媽我愛你》第87頁上的那一張，想知道佐羅力有沒有中獎的人，來對對看吧。

第1953期全國自治彩券中獎號碼
獎別
獎品
中獎號碼
頭獎
•你喜歡的城堡一座
18組 165333
二獎
•你喜歡的汽車一輛
08組 138339
三獎
•你喜歡的腳踏車一台
11組 162147
四獎
•你喜歡的電玩軟體四種
各組 113875
五獎
•好吃的香鬆一年份
各組
六獎
•野澤野菜一袋
各組
七獎
•面紙兩張
各組
佐羅力大師，如果我們中獎，那就太酷了。
哎呀，還是不要抱太大希望比較好。

在春天陽光的照耀下，傳來了佐羅力唱給天國媽媽聽的鬼吼聲，喔，不，是歌聲。

運氣一直很差的本大爺中獎了，彩券中大獎了！一夜之間變成大富翁，還建造了佐羅力城堡。看哪，看哪，媽媽，這就是我連作夢也會夢到的佐羅力城堡啊。

建造這座城堡
的人，就是
佐羅力大師這號了不起的人物。
城堡用很棒的零食做裝飾，
是世界上
最好吃的城堡喔。
香甜的味道真讓人受不了呀——
嘿吼！嘿吼！嘿嘿吼！
嘿吼！嘿吼！嘿嘿吼！

咦？什麼？佐羅力好像
已經擁有夢寐以求的佐羅力城堡了耶……

看哪!!
這就是連作夢也會夢到的佐羅力城堡二號!!
我特別把它建造成大家都感到害怕的怪獸形狀。
怪獸全身都塗上了一層巧克力。
布朗尼蛋糕
星星糖
棉花糖
牛奶餅乾
糖炒栗子
布丁上面有焦糖糖漿
紅豆麻糬
用吹過的泡泡糖黏成的
會同時長出香蕉、鳳梨、蘋果、哈密瓜、橘子和葡萄的樹!!
法式烤布蕾
醋昆布
各式手工餅乾
你等著!總有一天我會向你報仇!
這面牆是用爆米香一塊塊建成的
致佐羅力先生
魚腥草
木瓜的花
海盜老虎
狼人 吸血鬼 蛇髮女妖 共同敬賀

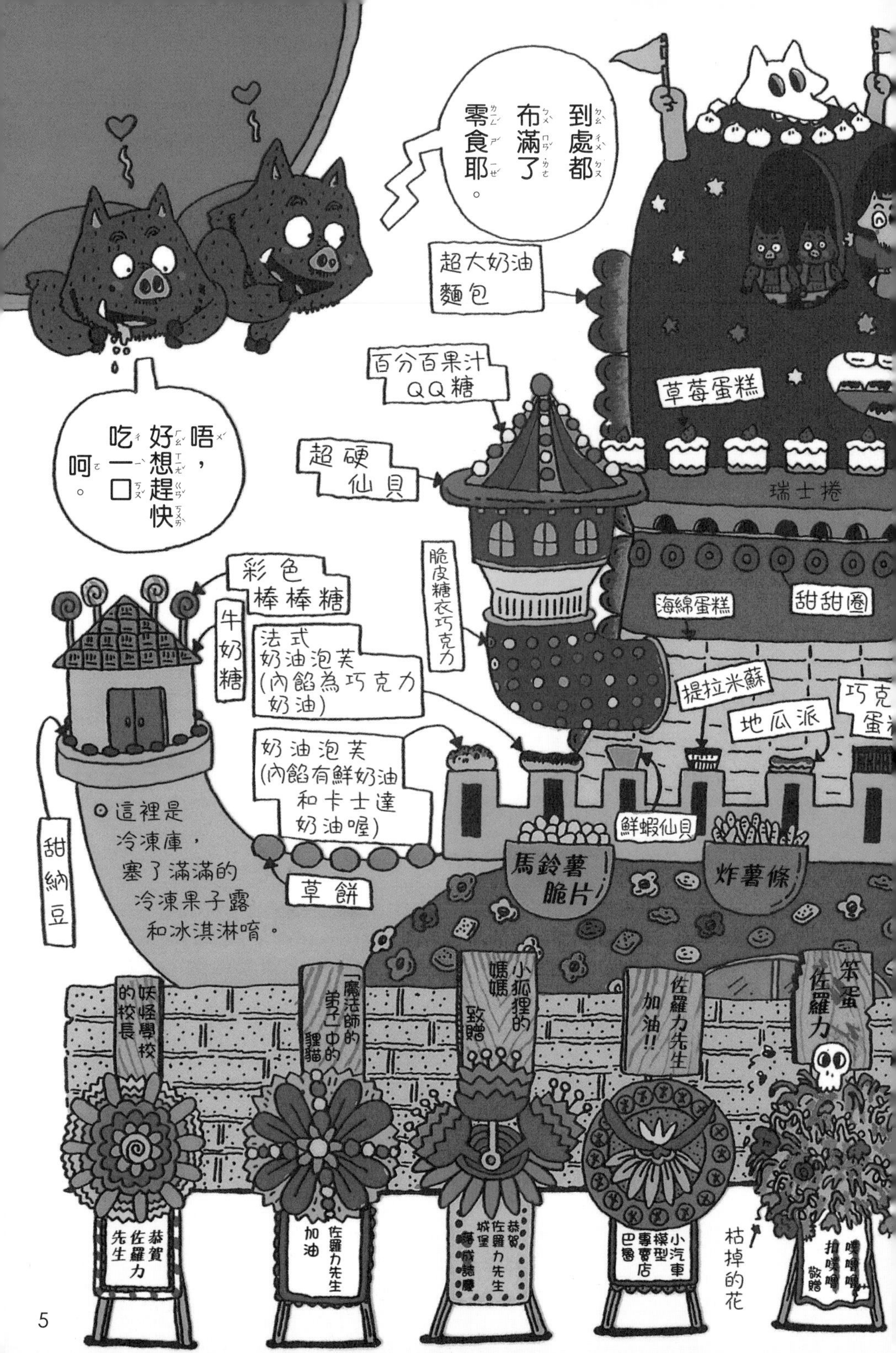

到處都布滿了零食耶。
唔，好想趕快吃一口呵。
超大奶油麵包
百分百果汁QQ糖
草莓蛋糕
超硬仙貝
瑞士捲
脆皮糖衣巧克力
彩色棒棒糖
牛奶糖
海綿蛋糕
甜甜圈
法式奶油泡芙(內餡為巧克力奶油)
提拉米蘇
地瓜派
奶油泡芙(內餡有鮮奶油和卡士達奶油喔)
鮮蝦仙貝
這裡是冷凍庫，塞了滿滿的冷凍果子露和冰淇淋唷。
甜納豆
草餅
馬鈴薯脆片
炸薯條
妖怪學校的校長
魔法師的弟子中的狸貓
小狐狸的媽媽致贈
佐羅力先生加油!!
笨蛋佐羅力
恭賀佐羅力先生
佐羅力先生加油
恭賀佐羅力先生城堡落成誌慶
小汽車模型專賣店巴圖
枯掉的花

「各位讀者看到本大爺建造了這麼了不起的城堡，一定嚇一大跳吧？有了這座城堡，我再也不想繼續惡作劇之旅啦。真不好意思，我要來好好的享受一下嘍。」

佐羅力橫躺在沙發上，並陷入柔軟的沙發裡，一邊吃著法式奶油泡芙，一邊看漫畫、打電動，開心得不得了……

眼看這個故事就要

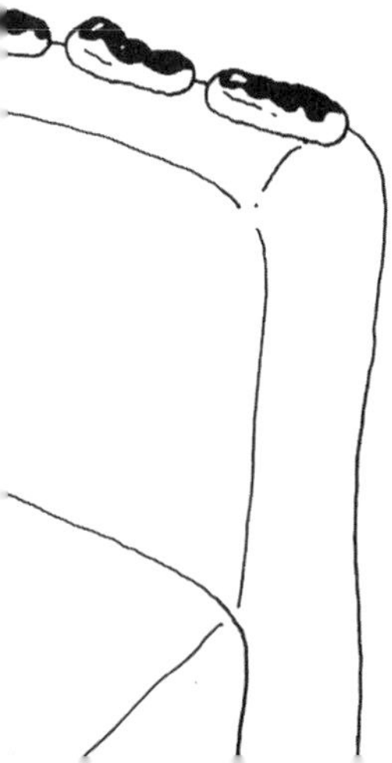

畫上句點時，伊豬豬和魯豬豬慌慌張張的衝進來，大聲喊著：

「佐羅力大師，快、快打開電視!!」

佐羅力按下遙控器的開關，打開了電視。
為您插播最新消息。今天早上，在城裡的垃圾場，出現了一頭大怪獸。
大家好。我是怪獸評論家。
怪獸評論家
播報員
據說，這隻怪獸，似乎是五萬年前就已經絕種的蜥蜴。
一顆深埋在地底下的蛋，由於垃圾腐化成的汙泥帶給牠溫暖，竟然被孵化出來。
汙泥蛋
播報員
啪
唔！

所以還是小蜥蜴嘍。
沒錯，但是根據消息，牠的體型非常巨大。
怪獸評論家
播報員
道歉啟事
佐羅力的電視有點故障，一下子是黑白的，一下子是彩色的，要是讓您看得很辛苦，請多多見諒。
為了讓大家親眼看到怪獸到底有多巨大，
我們將鏡頭交給在現場連線的記者。請看！
怪獸評論家
播報員
嗄？
這樣啊。
好想看。

小雜貨店
這是大怪獸叫聲的。

是的，這裡就是現場的情況。您所看到的，就是不知該逃往何處的人群，大家都已經驚慌失措。
市政府已經發布強制撤離的命令，情況非常危險，連我也想要逃走了。所以，各位，再見啦。

這隻大怪獸為什麼要出來作亂呢？
是的，從牠的叫聲「ㄇㄚㄇ～」來研判，牠應該是肚子餓了。
怪獸評論家
播報員
所以牠是為了找食物才跑出來的。
而且就像一般的小孩一樣，只以零食為目標。
怪獸評論家
播報員

一聞到零食的味道，就往那邊跑。
沒錯，就是這樣。而且您知道另一件恐怖的事嗎？城裡出現一座飄散著零食香甜氣味的建築物。
怪獸評論家
播報員
咦？那座飄散著零食香甜氣味的建築物是……
怪獸評論
播報員
那座建築物是……

就是佐羅力城堡!!
怪獸受到香甜氣味的吸引，一定會跑去佐羅力城堡那裡的。
不……不會吧!

「這下糟了，好不容易才擁有的
佐羅力城堡，如果才一天就毀了，
有誰受得了哇？快，伊豬豬、魯豬豬，
把佐羅力城堡的零食全——部都吃掉，
好消除掉甜滋滋的氣味!!」

「哇，全部都
吃掉耶，好耶！」

「太棒了!!這種
差事我最愛了。」

就算是超級會吃、超級愛吃的佐羅力師徒三人組，也沒辦法把這麼大的城堡上所有零食，全掃進肚子裡啊。他們其實只吃掉了一點點。

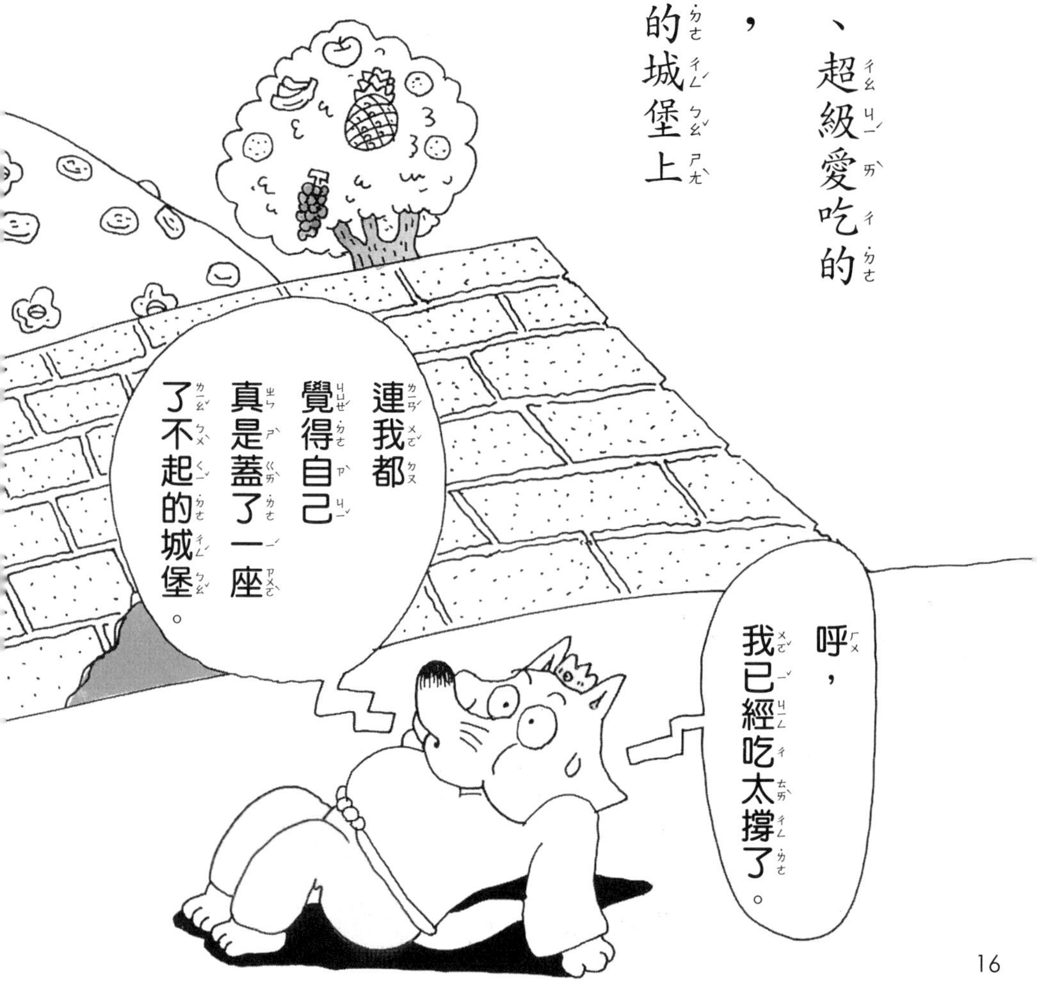
呼，我已經吃太撐了。
連我都覺得自己真是蓋了一座了不起的城堡。

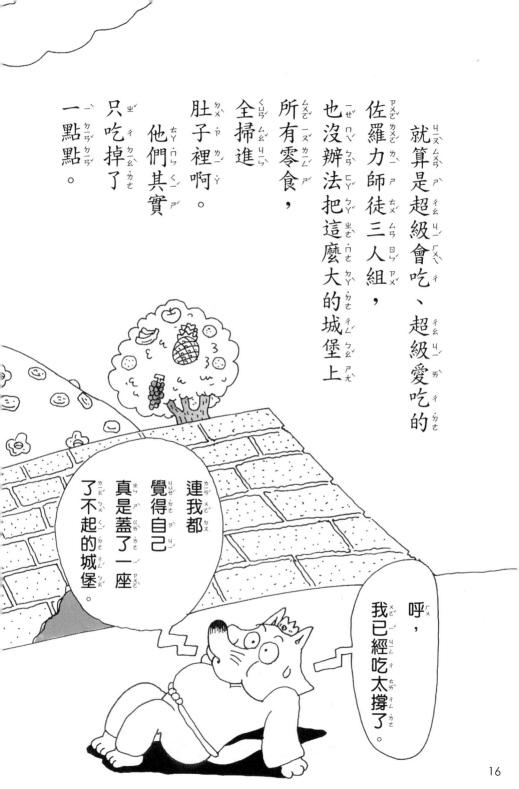

這邊～
和這邊
和這邊，還有這邊，稍微被吃掉了一點。
我連看都不想再看到零食了。
啊，再這樣下去，大怪獸就要來了。

「喂！伊豬豬、魯豬豬，你們去想辦法，稍微拖延一下大怪獸到達這裡的時間吧。我會趁著這個空檔，製造出打敗大怪獸的機器。」

「好的，這件事就包在我們身上。是吧，魯豬豬。」

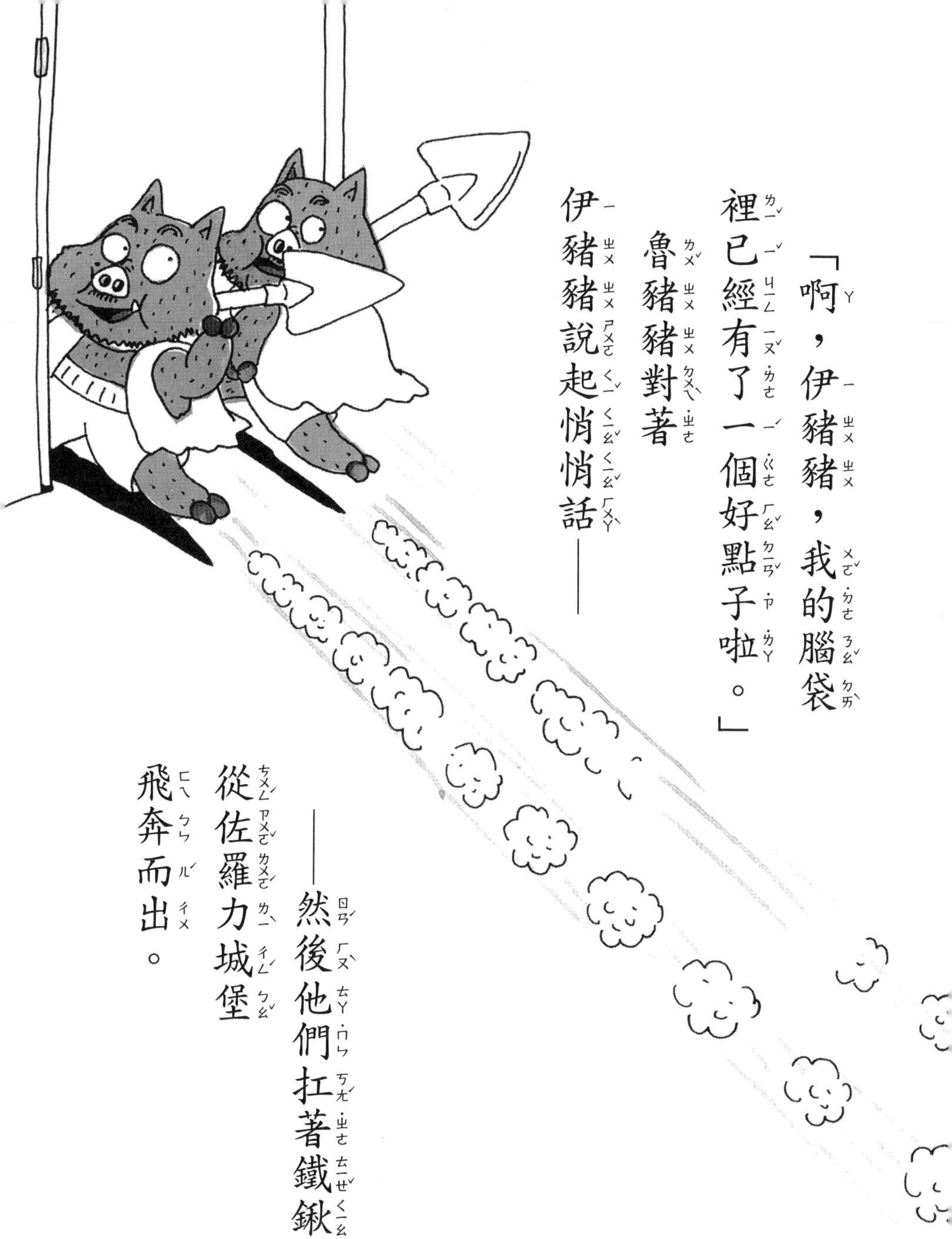

「啊，伊豬豬，我的腦袋裡已經有了一個好點子啦。」

魯豬豬對著伊豬豬說起悄悄話——

——然後他們扛著鐵鍬，從佐羅力城堡飛奔而出。

ㄇㄚㄇ～
只要在大怪獸經過的路上，挖一個大洞，就行啦……

哇—
啪咚
牠一跌進去，膝蓋擦傷了，痛得哇哇哭，就能拖延時間啦，我們真是太聰明了——
急救箱
急救箱
⊙要是大怪獸從裡面拿藥出來擦，那就能拖延更多時間。

砰咚！砰咚！

大怪獸
驚天動地的
走了過來。

「快，魯豬豬。」

「知道了，伊豬豬。」

伊豬豬、魯豬豬
兩人拚了命的
挖著洞。

然而，大怪獸一跨，
就輕輕鬆鬆的跨過大洞。
啊！
哎呀！
碰咚

作戰失利的伊豬豬和魯豬豬連忙趕回了佐羅力城堡。

「佐羅力大師——真對不起，我們完全沒幫上忙。」

但是佐羅力很鎮定的說：

「別擔心，我已經搞定了，只要再把這根釘子釘進去，

擊退大怪獸的
可怕機器
就完成了。
我把它取名叫
『令大怪獸
一敗塗地之超級、
非常偉大機器——』

〈圖解〉武器多到嚇死人的
令大怪獸一敗塗地之超級、非常偉大機器

電圖釘
一踩到它就會通電
很難的數學作業簿，上面的問題難得要命，大怪獸只要一看，頭就開始痛了。
狠毒的眼鏡蛇已經磨亮牙齒等著嘍。
下方的擴音器會播放出大約20首佐羅力唱的歌，真是酷刑啊！
痛死怪獸指甲剪
會將怪獸的指甲剪得很深、很痛唷～～
會痛擊怪獸小腿脛骨的鐵槌。
這麼短的時間內，竟然能製造出這麼厲害的機器……
佐羅力大師果然是天才哪。

佐羅力將這個機器放置在大怪獸會經過的路上。

什麼都不知道的怪獸，
正邁開步伐
一步、一步朝著
這個恐怖的
機器靠近。

ㄈㄚㄈ
再怎麼
強大的怪獸，
也一定會被
整得血肉模糊。
好可怕喔，
人家不敢看啦。

就算是不擇手段
也要保護
佐羅力城堡的
佐羅力，
現在是不是
很像一個冷血的
惡魔呢？

嘻嘻呵呵，那我可要按下這個按鈕了。
太殘忍了啦，各位膽小的讀者，請不要翻到下一頁比較好喔。

咚嘎
哇——
恐怖極了——

大怪獸的體型實在是太大了。

「令大怪獸一敗塗地之超級、非常偉大機器」，一轉眼就被踩爛了，佐羅力真的傻眼了。

「唉——」

他深深的嘆了一口氣，還垂下肩膀。

「佐羅力大師，佐羅力城堡會被毀掉的。」

「要是能讓怪獸睡一下午覺的話，說不定我們還可以想出保護城堡的辦法。」

魯豬豬嘟噥著。

「有了!!」

佐羅力的眼睛突然一亮，大喊著。

「就是這個!!如果可以讓大怪獸吃下安眠藥睡著，那就太好了。趁牠睡著時，我們就在牠身邊綁上整整一圈噴射煙火，把牠射向外太空。」

說的沒錯啊——
可是，怪獸那麼高大，我們都要抬頭才看得到牠的臉，要怎麼把安眠藥丟進牠的嘴裡呢？

佐羅力又成了消氣的皮球，
盯著漸漸朝佐羅力城堡
接近的大怪獸，這時……

……他看到大怪獸的前方不遠處矗立著兩棟很高的大廈。

大廈的高度就像佐羅力所希望的那樣，和大怪獸差不多高。

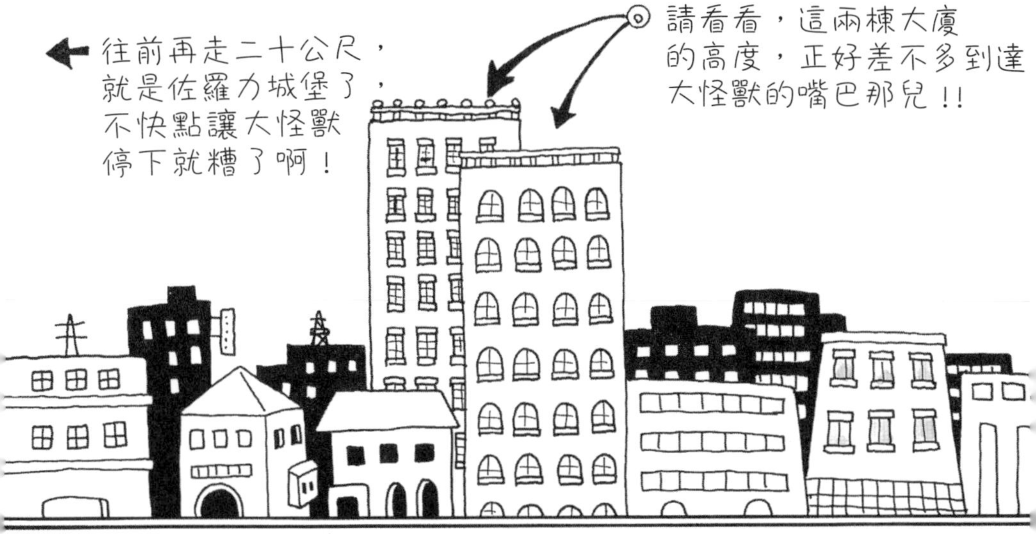
請看看，這兩棟大廈的高度，正好差不多到達大怪獸的嘴巴那兒！！
往前再走二十公尺，就是佐羅力城堡了，不快點讓大怪獸停下就糟了啊！

「嘿嘿，就是那個，我們可以從那兩棟大廈的樓頂，把安眠藥丟進大怪獸的嘴巴裡。」

這是守住佐羅力城堡的最後機會了，只許成功，不許失敗。而佐羅力也因此擬好了下一頁的作戰計畫。

佐羅力的安眠藥大作戰

在兩棟大廈之間拉起一條繩子，由伊豬豬和魯豬豬坐在繩子上，高舉著超硬仙貝。大怪獸如果走過這條路，就中計了。

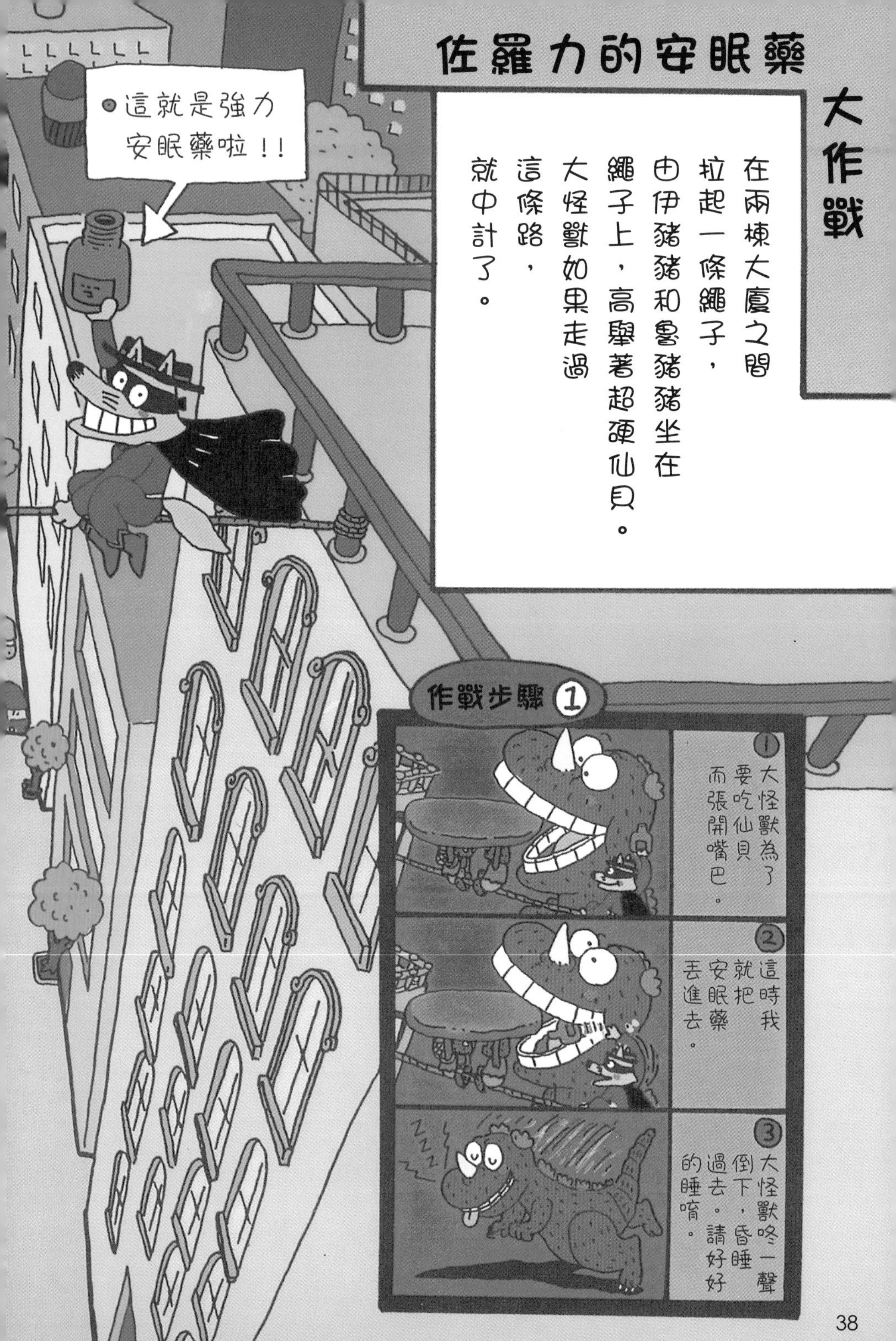
這就是強力安眠藥啦！！
作戰步驟①
①大怪獸為了要吃仙貝而張開嘴巴。
②這時我就把安眠藥丟進去。
③大怪獸咚一聲倒下，昏睡過去。請好好的睡唷。

依照著作戰步驟①和②來進行，一定可以完美的守住佐羅力城，嘻嘻呵呵。

怪獸吃了一堆甜的東西，所以現在應該很想吃一點鹹鹹的零食才對。
超硬仙貝
魯豬豬背上背的是滿滿一籃的噴射煙火。
作戰步驟②
①將噴射煙火，環繞怪獸身體一圈。
噴射煙火
②點上火
咻
③把牠射向外太空的盡頭。拜拜嘍。

怪獸就像佐羅力
他們所希望的，
發現了這片
仙貝，

並張開大大的嘴巴。
嘿！
佐羅力也順利的將安眠藥丟進怪獸的嘴裡。

只是，發生了一個小意外，那就是——伊豬豬和魯豬豬也被怪獸一起吃進去了。

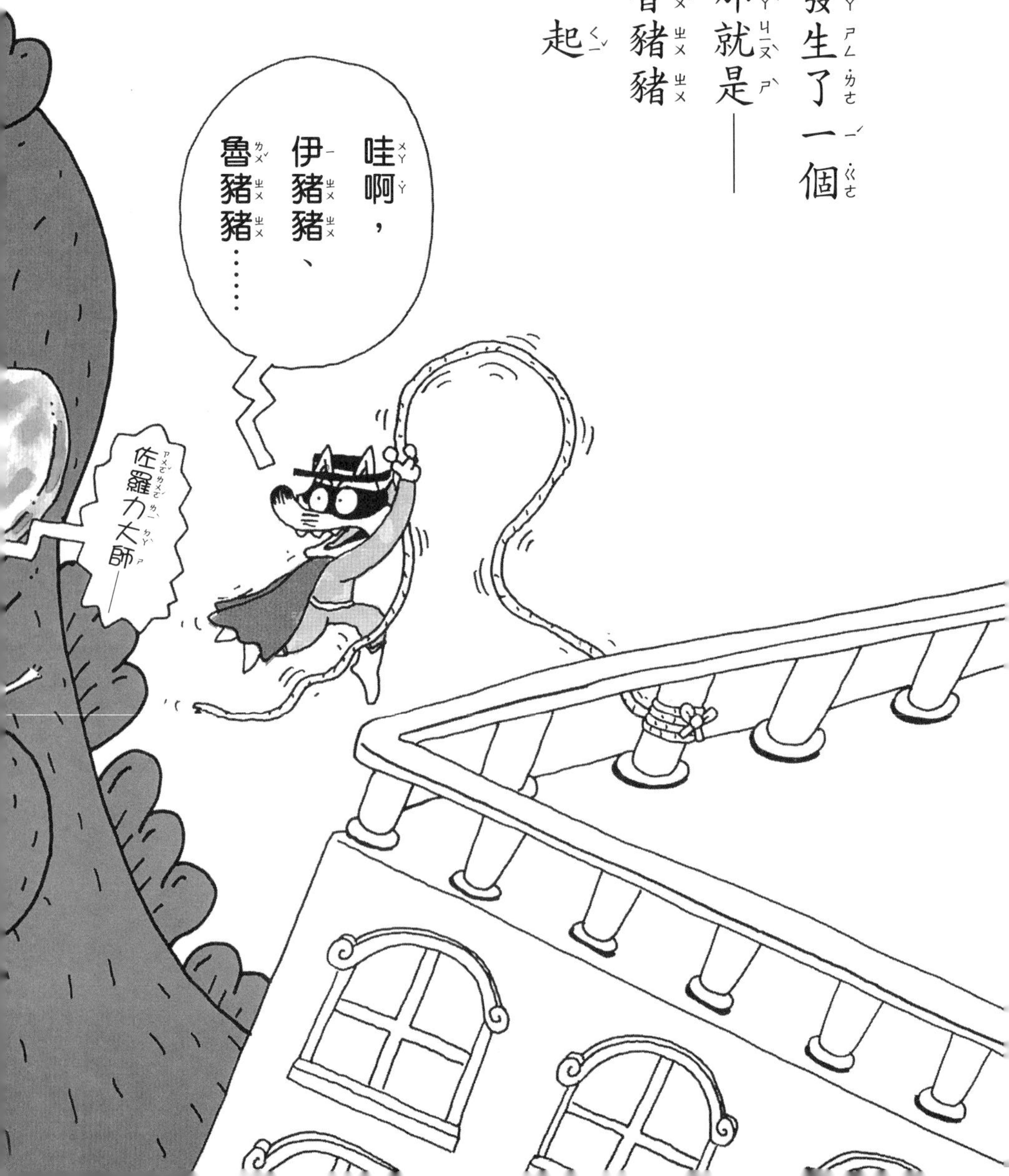
哇啊，伊豬豬、魯豬豬……
佐羅力大師——

「等怪獸
睡著了，我馬上
就把你們救出來，
你們等一等。」
佐羅力的聲音
迴盪在兩棟大廈之間。

可是，怪獸看起來一點都不想睡，
而且，當牠一發現佐羅力，
就開始邁開大步，
追著
佐羅力跑。

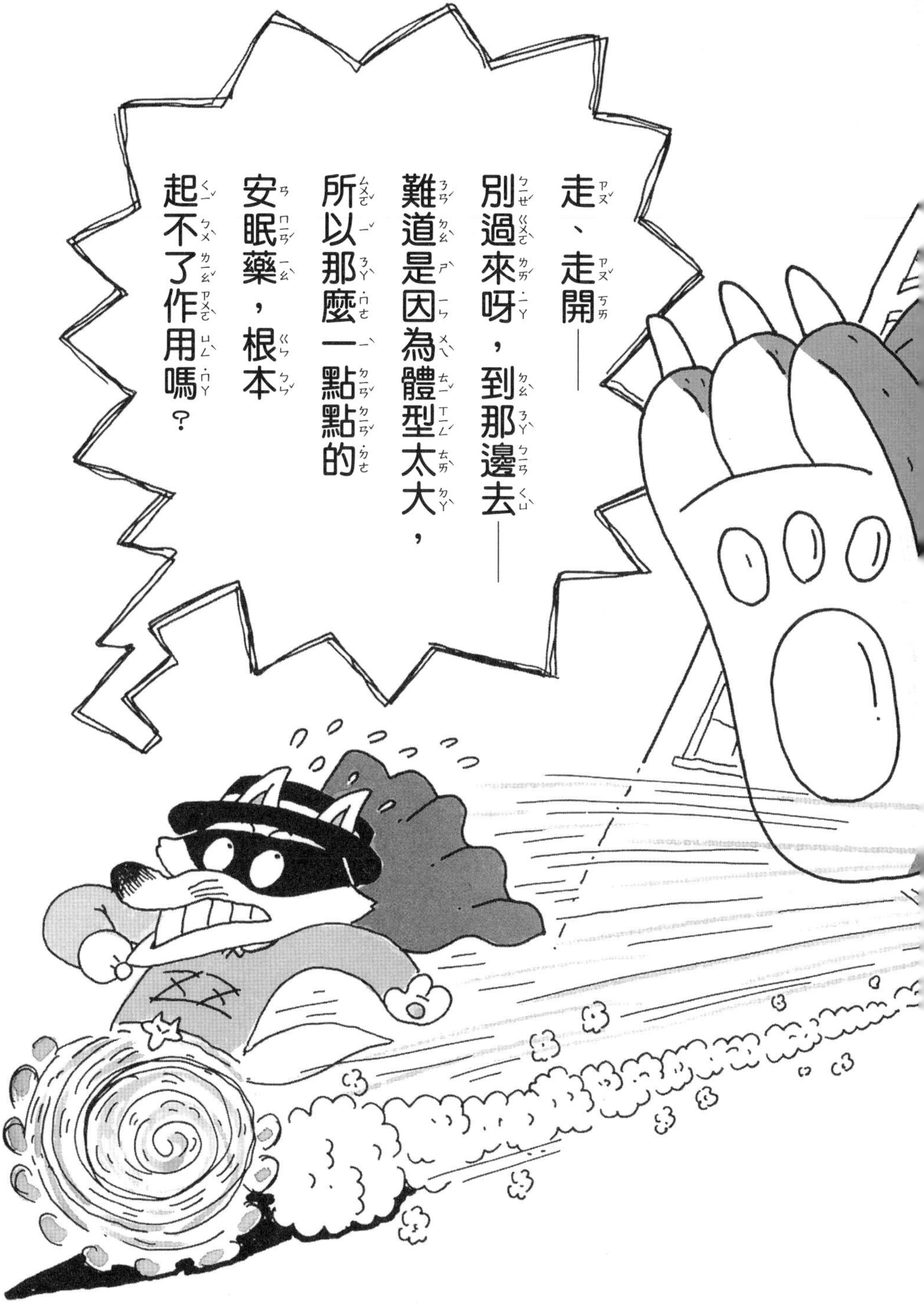
走、走開——
別過來呀，到那邊去——
難道是因為體型太大，
所以那麼一點點的
安眠藥，根本
起不了作用嗎？

不是，不是，

看來不是

這個原因呢。
過了一陣子之後，
大怪獸突然
站住了，
變得好安靜。

「喔，安眠藥
總算開始有效了，
還好還好。」

佐羅力鬆了一口氣，不一會兒……

唔？
這影子是
什麼東西啊？
我有不太好的
預感耶。

砰砰砰砰砰—咚、

怪獸正好倒在佐羅力的身上，並且開始呼呼大睡起來。

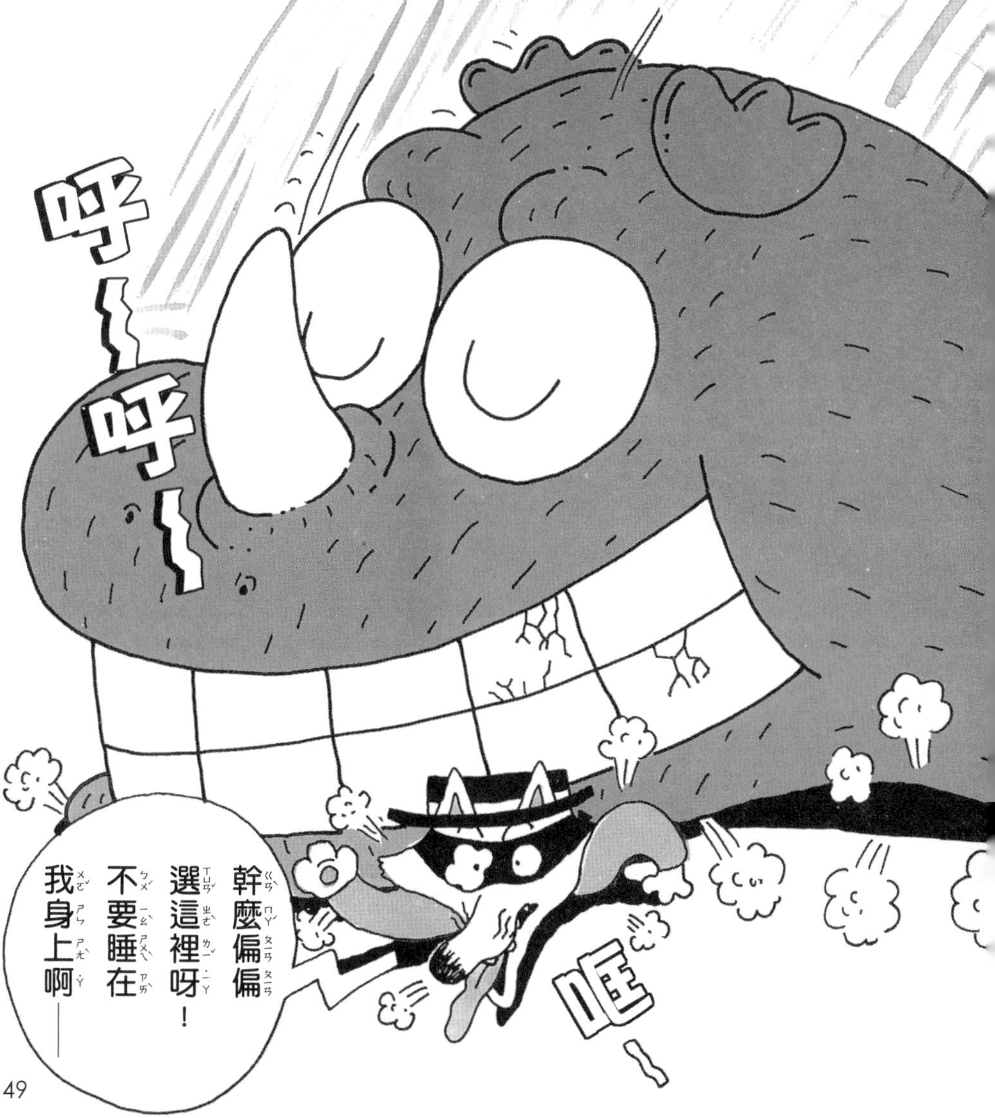
呼～呼～
幹麼偏偏選這裡呀！不要睡在我身上啊——
哐～

怎麼會這麼不巧呢？在怪獸醒來之前，佐羅力可動彈不得啦。

「這樣下去，我也救不了伊豬豬和魯豬豬啦。而且，等這傢伙醒來，我的命保不保得住，都還不知道呢，嗚嗚，媽媽——快救救我啊——」

就在佐羅力的眼淚滑下臉頰的這個時候……

……怪獸的牙齒出現裂縫，並且開始崩落——
劈里啪啦
啪咚啪咚
唉唷，這什麼啊？

從怪獸嘴裡跑出來的不就是伊豬豬和魯豬豬嗎？
這傢伙吃太多甜食啦，牙齒變得好爛喔。
牠咬了超硬仙貝後，牙齒就裂了。
喔——伊豬豬、魯豬豬，你們還活著啊？

「啊！佐羅力大師，
您悠哉悠哉的
躺在這裡
做什麼啊？」
「蠢蛋，我是被
壓住，沒辦法動啦。
動作快一點，
用噴射煙火
把大怪獸

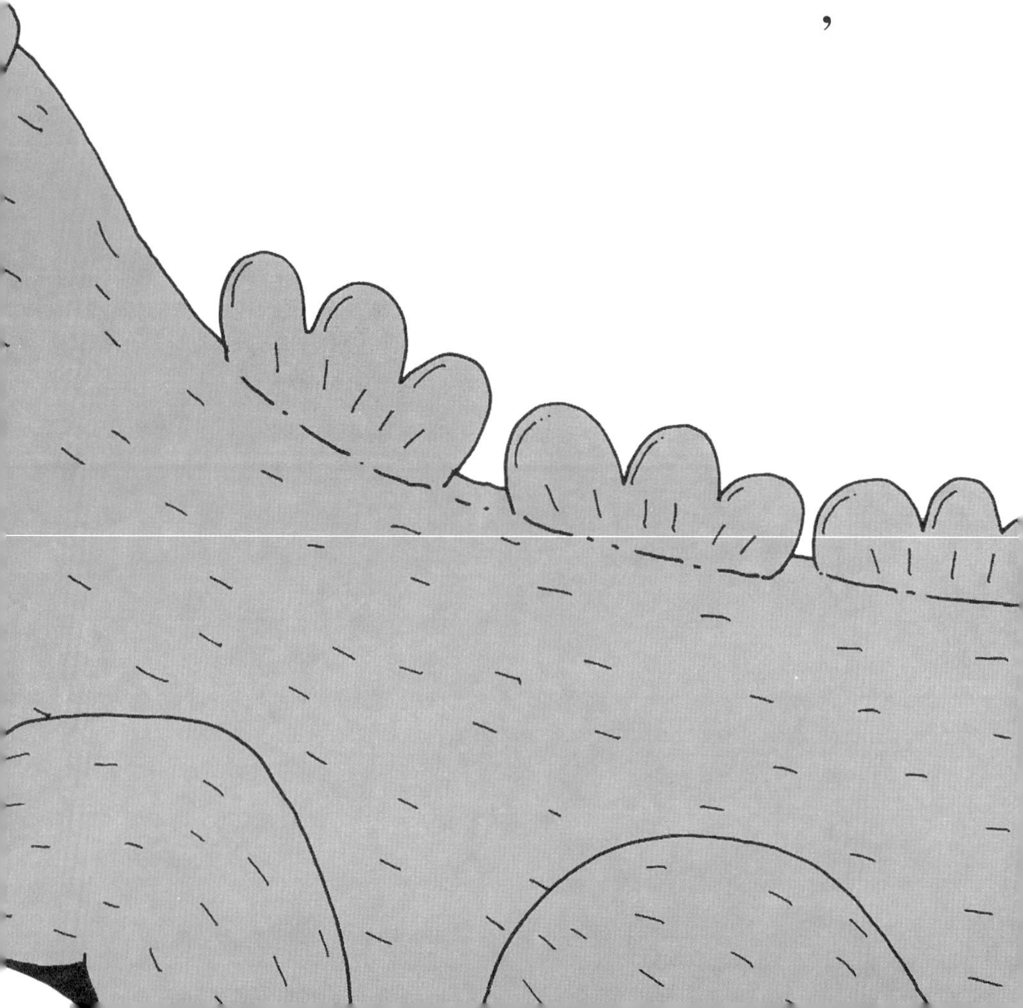

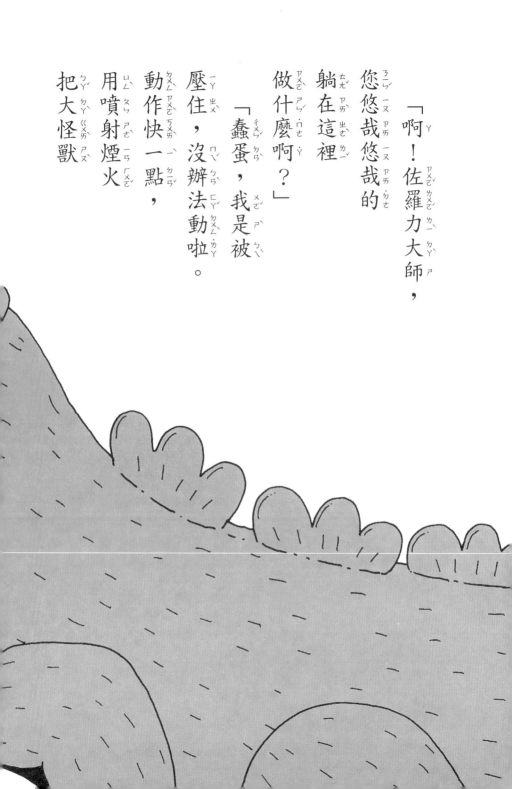

射到
外太空去，
我才能
得救。
牠好重啊，
我快要
受不了啦。
拜託你們
快一點啊——」

伊豬豬急急忙忙用噴射煙火環繞住怪獸，魯豬豬也馬上用打火機點燃煙火。

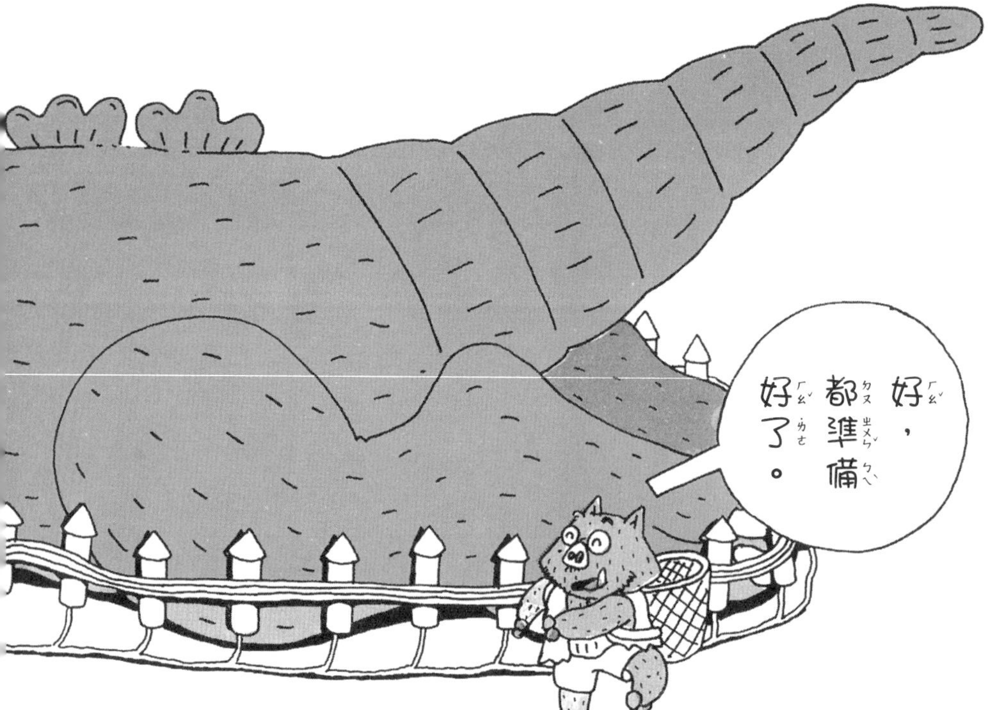

佐羅力連忙叫伊豬豬和魯豬豬停下來……

等等、等一下，本、本大爺也在裡面耶。等等哪，喂、喂！
伊豬豬，要點火嘍。
上路吧
嘶嘶嘶嘶嘶

……卻已經來不及了。

佐羅力和怪獸一起衝上了高高的空中。

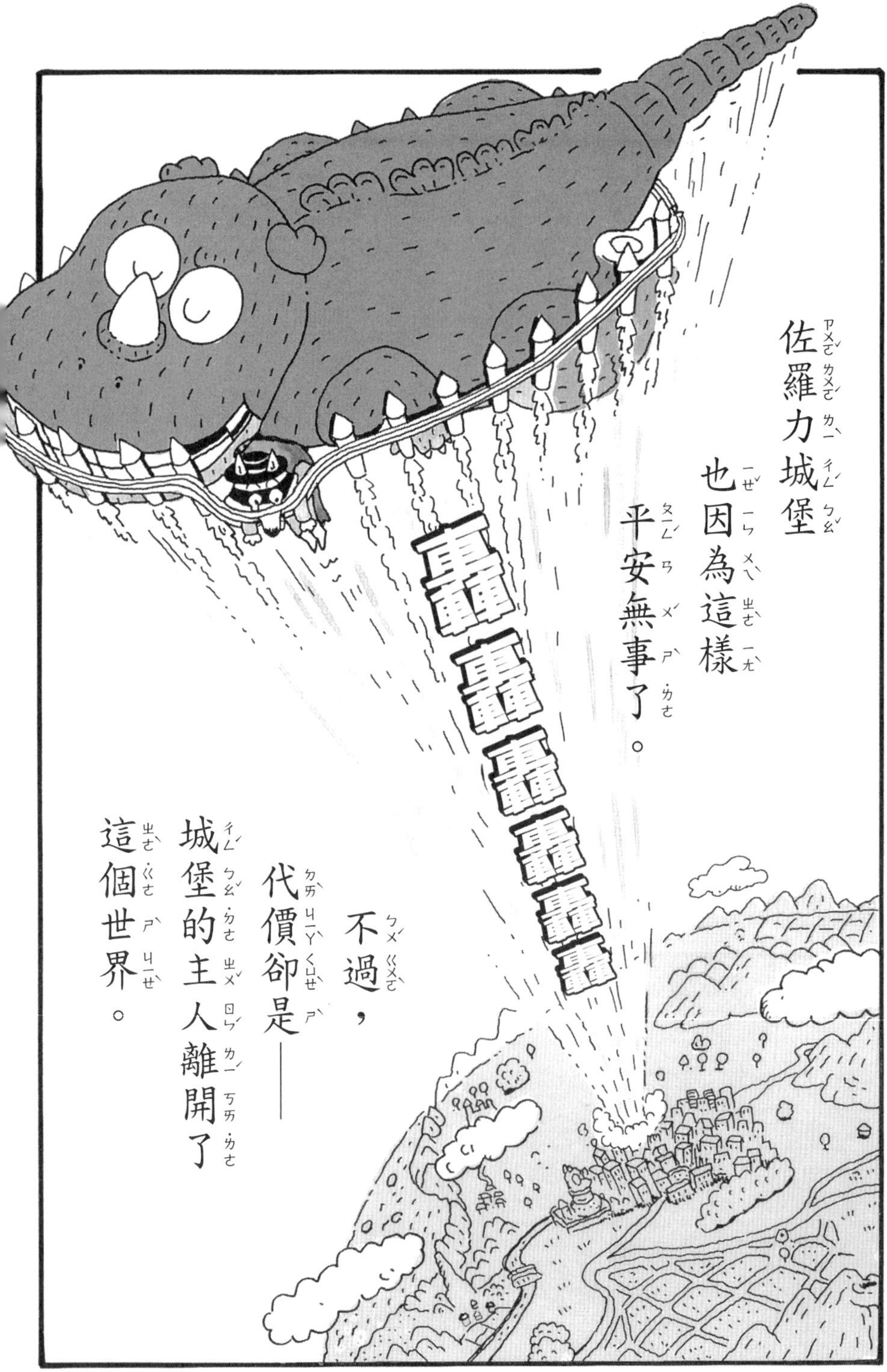
佐羅力城堡
也因為這樣
平安無事了。
轟轟轟轟轟轟
不過，
代價卻是——
城堡的主人離開了
這個世界。

啊——佐羅力大師也飛上去了耶。
後面還有很多頁耶，這下子該怎麼辦？看來只好由我們來擔任主角繼續演下去了。

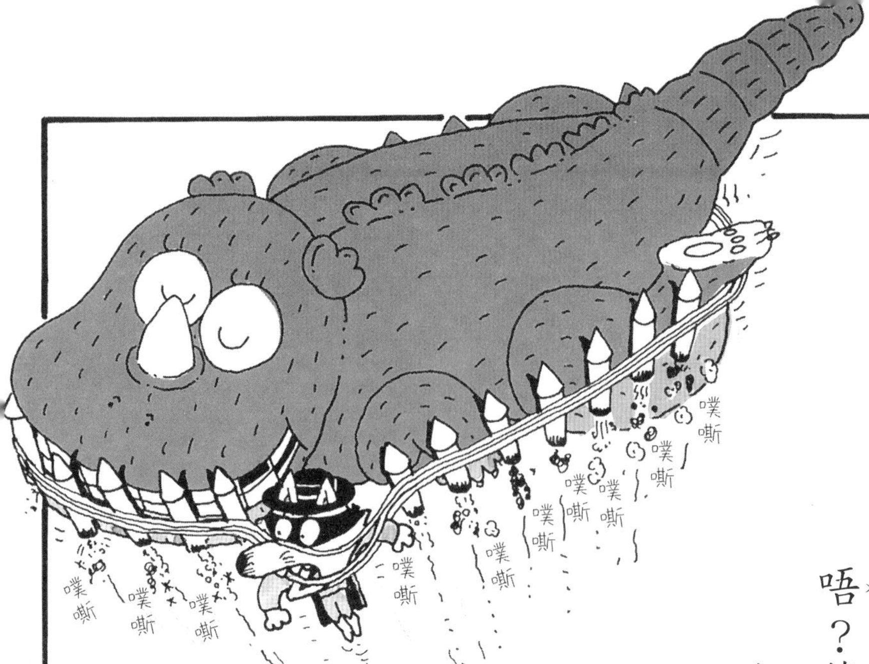

唔？等等，等等。

噴射煙火的威力，好像沒辦法把怪獸和佐羅力射向外太空耶。

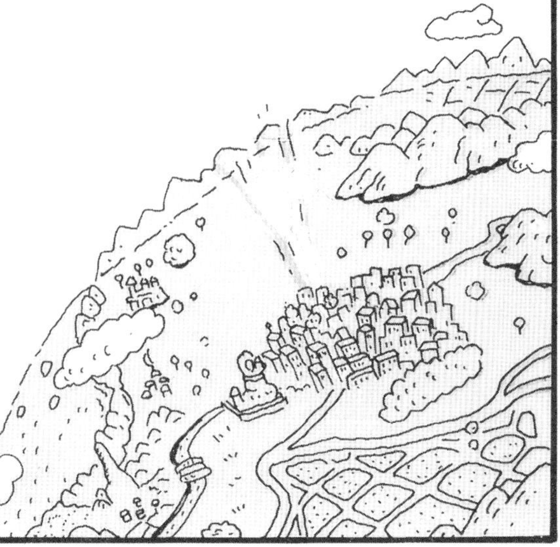

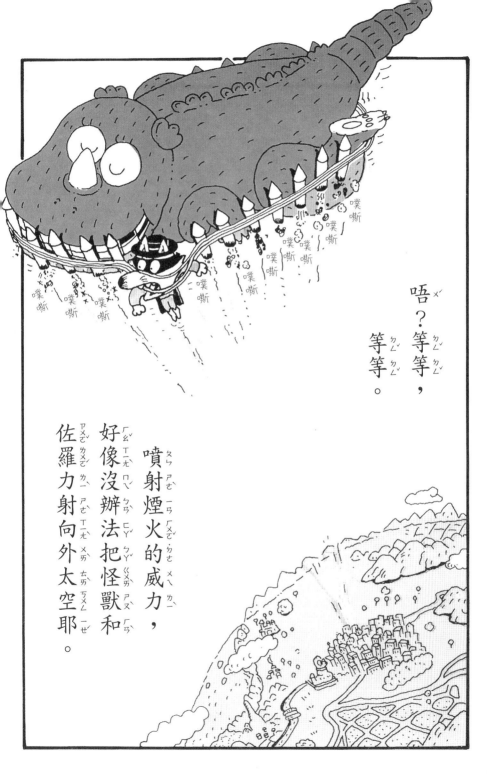

伊豬豬和魯豬豬的
零嘴城堡

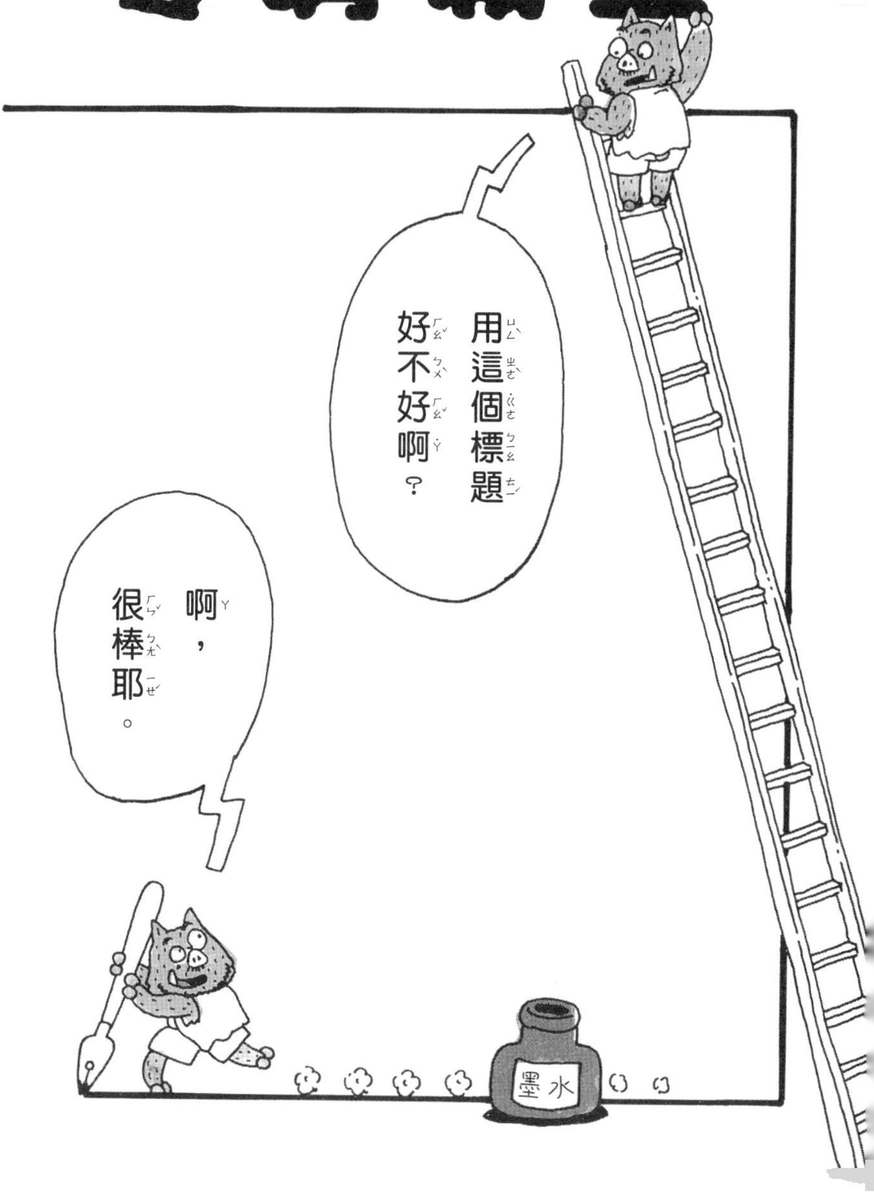
用這個標題好不好啊？
啊，很棒耶。
墨水

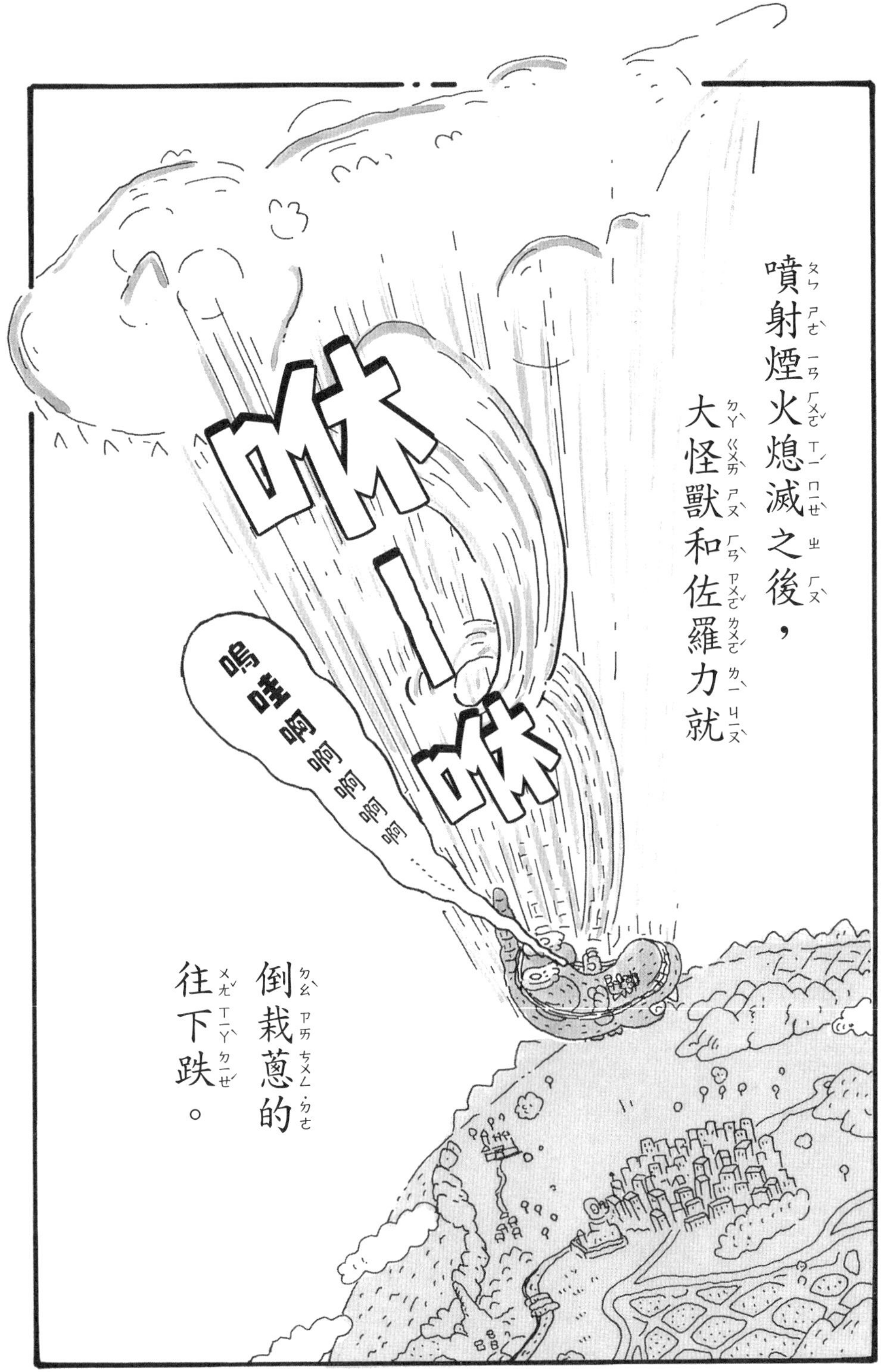
噴射煙火熄滅之後，大怪獸和佐羅力就
咻—咻
嗚哇啊啊啊啊啊
倒栽蔥的往下跌。

並且猛力的撞上地面。

結果呢，他們掉下來的地方，
就這麼巧，正好在佐羅力城堡的前方。

而且，很不幸的，怪獸朝地面猛力一撞，就被撞醒了。

想也不用想，這麼有魅力的佐羅力城堡，大怪獸鐵定是一眼就看到了。

大怪獸發出叫聲，
朝著佐羅力城堡走過去……

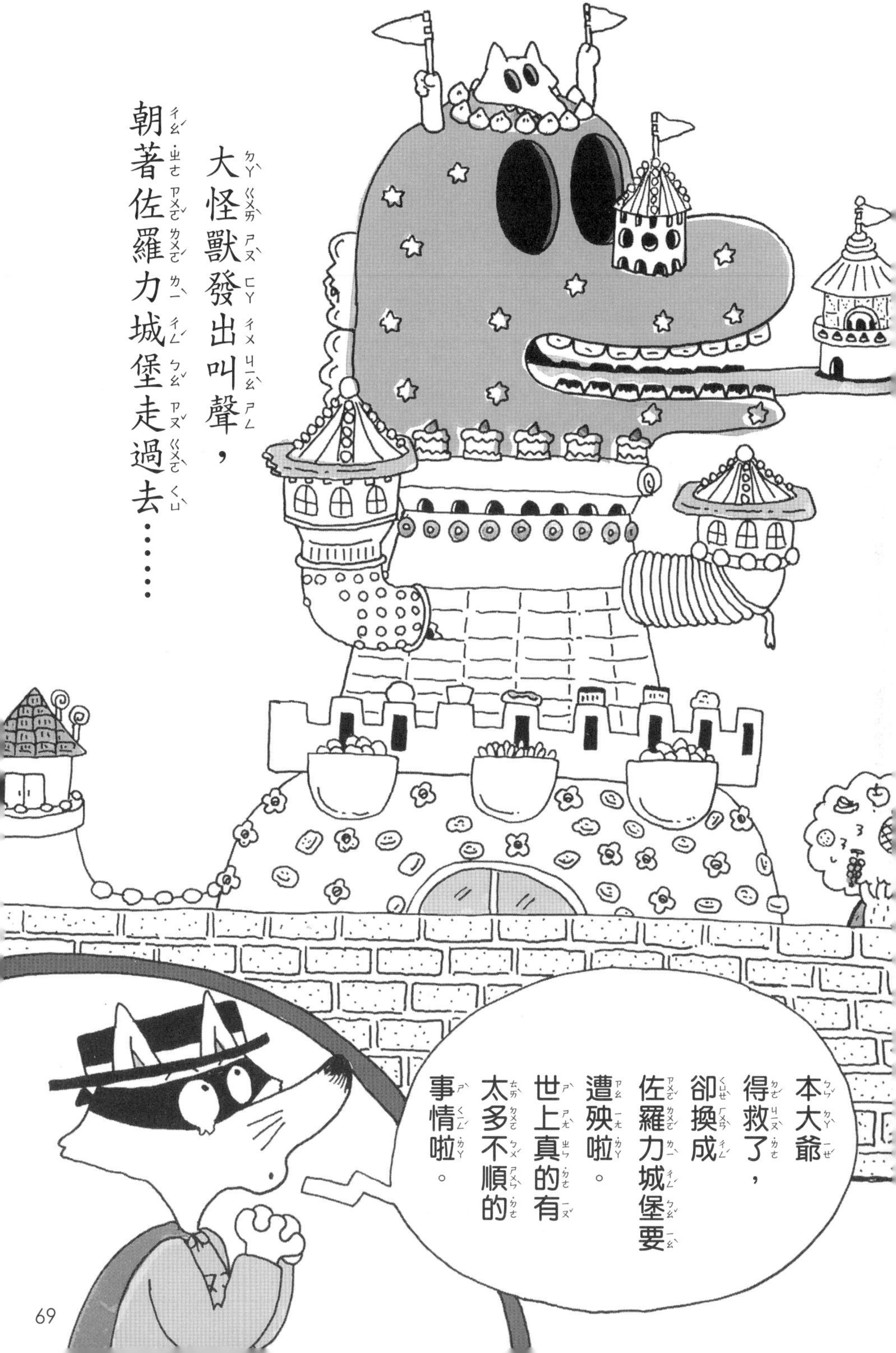
本大爺得救了，卻換成佐羅力城堡要遭殃啦。世上真的有太多不順的事情啦。

……大怪獸朝佐羅力城堡猛力的一抱。

佐羅力城堡哪禁得起
大怪獸這麼用力一抱呢？
它發出喀啦喀啦的碎裂聲，
整個坍塌在大怪獸的腳下。
「哎，佐羅力城堡果然只是
曇花一現，像夢一樣啊。」
佐羅力喃喃唸道。
這時……

「嗚——哇，媽媽——！」

怪獸掉下了大顆大顆的淚珠，並且開始哇哇大哭。

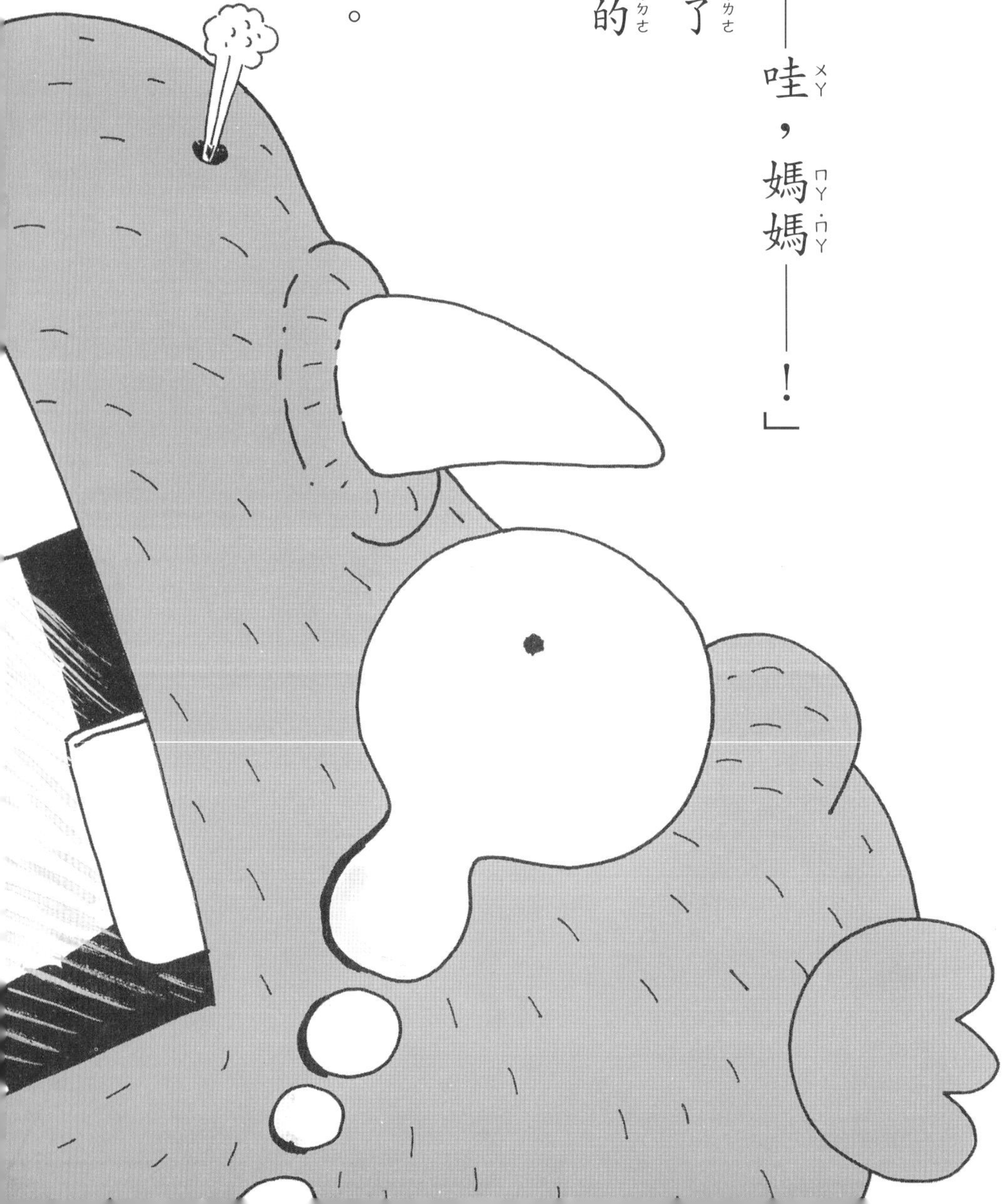

「怎麼搞的，眼前擺著山一樣高的零食，有什麼好難過的呀？」

「對耶，佐羅力大師你看，牠好像不想吃佐羅力城堡耶。」

「喔，牠的眼淚，是因為很想看到媽媽所流下的眼淚呀。我也常常想起在天堂的媽媽，而忍不住流下眼淚呢，所以我一看就知道。」

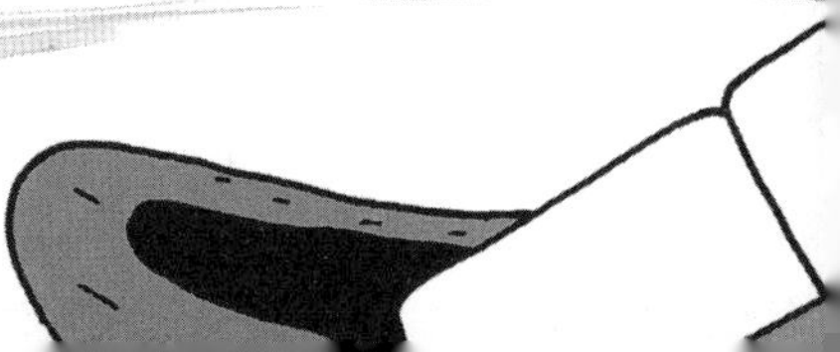

為了證明自己的推測，佐羅力問怪獸說：
你是不是把本大爺的佐羅力城堡當成媽媽，才抱住它的。

怪獸用力的點點頭。
我說的沒錯吧，牠想見媽媽。好，我們來幫助牠吧。

幫助牠……可是，佐羅力大師，牠的媽媽……
早在五萬年前就已經絕種了呀，電視上的新聞有報導。

可是，牠才剛出生，就沒有了媽媽，比我還要可憐好幾十倍呢，嗚。你們覺得本大爺有可能放著牠不管嗎？
那……

那我們來當牠的媽媽，把牠養大，這樣好嗎？
嗄？要把這隻像恐龍的動物，背在我們的背上嗎？
唔？恐龍……
佐羅力想起，以前他曾經幫助過恐龍的媽媽。
恐龍媽媽和小恐龍

「把這個大小孩的事，跟恐龍媽媽商量看看，我想，牠應該會有好辦法才對。」

「對耶，那個媽媽非常、非常的溫柔耶。」

公告

☆給不認識恐龍媽媽的小讀者

- 在《怪傑佐羅力之拯救小恐龍》這本書中，恐龍媽媽的小孩被人類抓走，佐羅力幫助恐龍媽媽，救出了小恐龍。
還沒讀過這本書的人趕快去讀讀看，保證有趣喔。

☆給認識恐龍媽媽的小讀者

- 感謝大家讀了這本書。

佐羅力他們
用毀壞的
佐羅力城堡
做成一艘
大木筏，
載著怪獸
航向恐龍
居住的歐多島。

「咦？那不是佐羅力先生嗎？好久不見了耶——」
恐龍媽媽很熱情的迎接了佐羅力他們一行人。

佐羅力立刻將大怪獸的事跟恐龍媽媽說。

原來是這種事啊。我本來就有小孩，養一個也是養，養兩個也是養呀。請放心，把這件事交給我吧。

恐龍媽媽的體型很大，心胸也很大。

大怪獸不只有了媽媽，還同時有了哥哥呢，所以非常開心。看，他們已經玩在一起啦。

「佐羅力大師，太好了。」

「是啊，這樣本大爺就放下一顆心啦。」

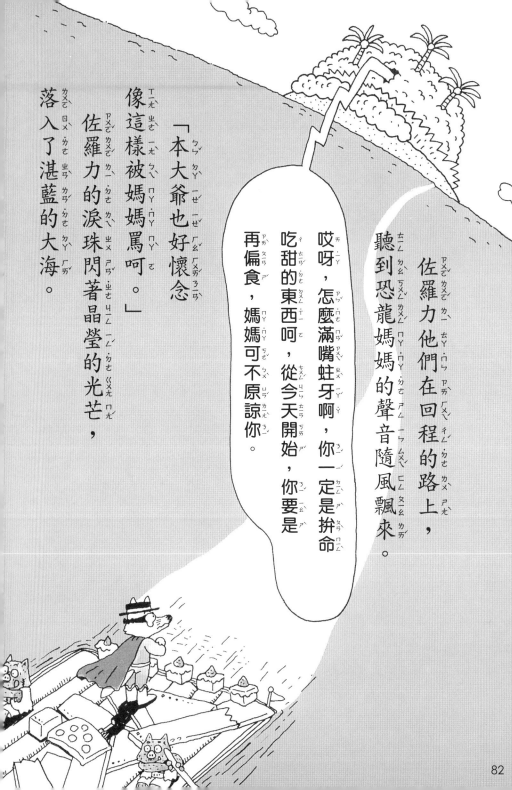

佐羅力他們在回程的路上，
聽到恐龍媽媽的聲音隨風飄來。

哎呀，怎麼滿嘴蛀牙啊，你一定是拚命吃甜的東西呵，從今天開始，你要是再偏食，媽媽可不原諒你。

「本大爺也好懷念像這樣被媽媽罵呵。」

佐羅力的淚珠閃著晶瑩的光芒，落入了湛藍的大海。

第二天的報紙

新聞 號外

大怪獸消失了!!

⊙現身於垃圾場的大怪獸，
在當天就突然消失了蹤影，
警方雖然四處搜尋牠的蹤跡，
但是到目前為止，都還沒有
掌握到牠的行蹤。

不過城裡也因此
恢復了平靜，
四處逃難的人們
也紛紛返家，
並開始重整
家園。

昨天所出現的大怪獸

佐羅力城堡毀滅了

⊙那隻可怕的大怪獸
對我們只有一個貢獻。
那就是，
牠毀掉了佐羅力城堡，
非常沒有品味的佐羅力城堡。
由於它破壞了市容而造成問題，
就在市民準備發起反對佐羅力城堡
運動的此時，這個燙手山芋卻毀了，
市民都感到非常的高興。

非常沒品味的建築——佐羅力城堡

佐羅力大師，您好不容易才蓋好的佐羅力城堡卻毀了，好可惜啊。
嘿，我們再來買一張彩券試試運氣吧。說不定又中獎了呵。

算了算了，輕輕鬆鬆得來的城堡，就像泡泡一樣，碰一下就破了，消失了。
下次還是靠自己的力量，來取得佐羅力城堡吧。
如果不這麼做，我在天堂的媽媽，一定不會覺得高興的。
啊，我的佐羅力竟然能說出這麼棒的台詞，他真的已經長大成人了呀。
佐羅力的媽媽
看看這個，佐羅力還不是又買了彩券嗎？

封底「佐羅力大挑戰」的答案

大家都找到了嗎？

●作者簡介

原裕 Yutaka Hara

一九五三年出生於日本熊本縣，一九七四年獲得ＫＦＳ創作比賽「講談社兒童圖書獎」，主要作品有《小小的森林》、《手套火箭的宇宙探險》、《寶貝木屐》、《小噗出門買東西》、《我也能變得和爸爸一樣嗎？》、【輕飄飄的巧克力島】系列、【膽小的鬼怪】系列、【菠菜人】系列、【怪傑佐羅力】系列、【鬼怪尤太】系列、【魔法的禮物】系列等。

●譯者簡介

周姚萍

兒童文學創作者、童書譯者。著有《日落臺北城》、《臺灣小兵造飛機》、《山城之夏》、《我的名字叫希望》等書，譯有【名偵探】系列等。曾獲金鼎獎優良圖書推薦獎、聯合報讀書人最佳童書獎、幼獅青少年文學獎、九歌年度童話獎、好書大家讀年度好書等獎項。

國家圖書館出版品預行編目資料

怪傑佐羅力之大怪獸入侵
原裕 文、圖；周姚萍 譯 --
第一版. -- 台北市：天下雜誌, 2011.07
92 面 ;14.9x21公分. --（怪傑佐羅力系列；10）
譯自：かいけつゾロリの大かいじゅう
ISBN 978-986-241-295-4（精裝）
861.59　　100005470

かいけつゾロリの大かいじゅう
Kaiketsu ZORORI sereies vol.10
Kaiketsu ZORORI no Daikaiju
Text & Illustraions ©1992 Yutaka Hara
All rights reserved.
First published in Japan in 1992 by POPLAR Publishing Co., Ltd.
Traditional Chinese translation rights arranged with POPLAR Publishing Co., Ltd.
through Future View Technology Ltd., Taiwan
Traditional Chinese translation rights © 2011 by CommonWealth Education Media and Publishing Co., Ltd.

怪傑佐羅力之大怪獸入侵

怪傑佐羅力系列10

作者｜原裕
譯者｜周姚萍
責任編輯｜張文婷
特約編輯｜蔡珮瑤
美術設計｜蕭雅慧

天下雜誌群創辦人｜殷允芃
董事長兼執行長｜何琦瑜
兒童產品事業群
副總經理｜林彥傑
總編輯｜林欣靜
主編｜陳毓書
版權主任｜何晨瑋、黃微真

出版者｜親子天下股份有限公司
地址｜台北市 104 建國北路一段 96 號 4 樓
電話｜(02) 2509-2800
傳真｜(02) 2509-2462
網址｜www.parenting.com.tw
讀者服務專線｜(02) 2662-0332
週一～週五：09:00～17:30
讀者服務傳真｜(02) 2662-6048
客服信箱｜parenting@cw.com.tw
法律顧問｜台英國際商務法律事務所・羅明通律師
製版印刷｜中原造像股份有限公司
總經銷｜大和圖書有限公司
電話｜(02) 8990-2588

出版日期｜2011 年 7 月第一版第一次印行
2022 年 12 月第一版第二十一次印行
定價｜250 元
書號｜BCKCH023P
ISBN｜978-986-241-295-4（精裝）

訂購服務
親子天下 Shopping｜shopping.parenting.com.tw
海外・大量訂購｜parenting@cw.com.tw
書香花園｜台北市建國北路二段 6 巷 11 號
電話｜(02) 2506-1635
劃撥帳號｜50331356 親子天下股份有限公司

親子天下
有聲故事書

日本熱賣25年，狂銷3,300萬本的經典角色

讓你笑到彎腰、幽默破表的開胃閱讀系列

怪傑佐羅力

連續五年圖書館小學生借閱率前三名

不論遇到什麼困難，佐羅力都絕對不會放棄。我認為懂得運用智慧、度過難關，這種不放棄的精神，是長大進入社會以後最重要的事。

——【怪傑佐羅力】系列作者 **原裕**（Yutaka Hara）

不靠魔法打敗哈利波特的佐羅力

日本朝日新聞社調查幼稚園~國小六年級3,583位小朋友，佐羅力打敗哈利波特，是所有小朋友心目中的最愛！

風靡所有孩子的佐羅力精神

★雖然每次的惡作劇都失敗，卻反而讓佐羅力成為樂於助人的正義之士。

★不管遇到什麼挫折，佐羅力總是抬頭挺胸向前走。

★雖然媽媽不在身邊，卻總是想著媽媽，勇敢面對挑戰，所以佐羅力永遠不會變壞。

★不只故事有趣，藏在書中各處的漫畫、謎題、發明，每次讀都有新發現。

下一本永遠更有趣，讓孩子想一直讀下去

佐羅力雖然很愛惡作劇，卻常常失敗，反而幫助了別人，真是太好笑了！

——台灣・陳稷謙・小三

【佐羅力】系列不僅字體大容易閱讀，還包含很多像漫畫般的插圖，非常適合作為孩子自己閱讀的第一本書。我的孩子是因為看了【佐羅力】，才變得能夠單獨閱讀一本書。

——日本・家長

雖然佐羅力很愛惡作劇，卻很看重朋友，一不小心還會做好事。這點讓女兒覺得很有趣，還讓她聯想到自己與朋友間的關係，甚至產生「佐羅力即使失敗，也會多方思考，絕對不放棄」這樣不怕挫折的想法。

——日本・家長

現在就和佐羅力一起出發！

為了向天國的媽媽證明，自己能夠成為頂天立地的「惡作劇之王」，佐羅力帶著小跟班伊豬豬、魯豬豬，展開充滿歡笑和淚水的修練之旅……

佐羅力

為了讓在天堂的媽媽以他為榮，佐羅力立志成為「惡作劇之王」，勇敢踏上修練之旅。旅途中佐羅力喜歡打抱不平，常有驚人的創意發明，雖然每次惡作劇都以失敗收場，卻陰錯陽差解決難題，搖身變成眾人感謝的正義之士。

伊豬豬、魯豬豬

貪吃的野豬雙胞胎，哥哥伊豬豬右眼和右鼻孔比較大；弟弟魯豬豬左眼和左鼻孔比較大。兩人因為仰慕佐羅力成了小跟班，尊稱佐羅力為大師，卻總是幫倒忙，造成不可收拾的混亂，拖累佐羅力的計畫。

佐羅力的媽媽

溫柔的母親是佐羅力最念念不忘的人，但她在佐羅力小時候就已經去世。由於佐羅力個性迷糊，讓她即使在天堂，卻仍然常常來到人間，關心寶貝兒子的一舉一動，偶而還會偷偷幫助佐羅力，是一位愛子心切的好母親。

親子天下 雜誌出版

購書及訂閱電子報・天下童書館 www.cwbook.com.tw/kid

親師生三方互動最佳的橋梁・親子天下網站 www.parenting.com.tw

注意 如果把鉛筆畫的線用橡皮擦擦掉，就可以重新再畫，變成新的「鬼腳圖」喔。

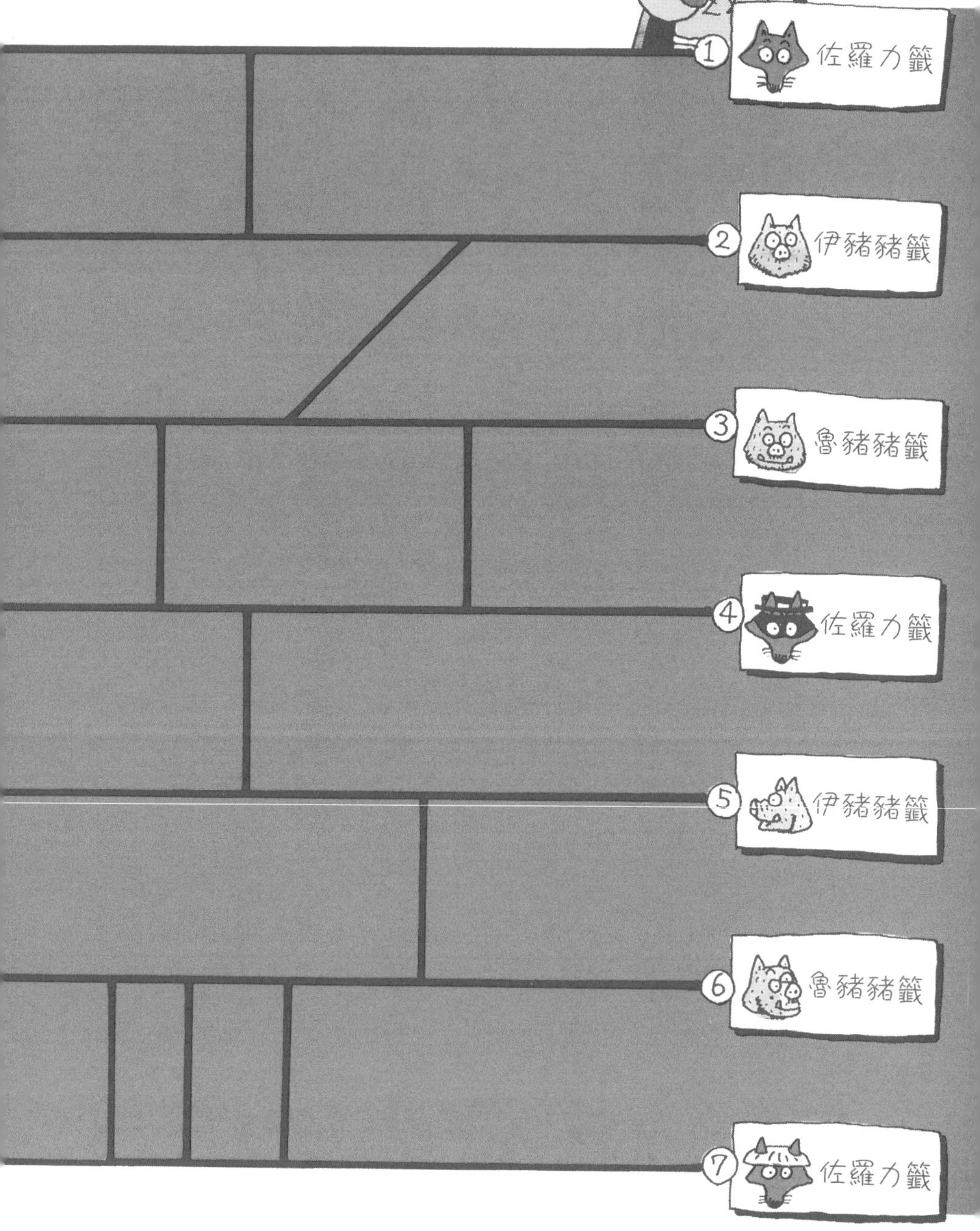